閱讀123

國家圖書館出版品預行編目資料

我家有個烏龜園 / 童嘉文.圖. -- 第二版.
-- 臺北市：親子天下, 2017.10
96面；14.8x21公分. -- (我家系列；1)
ISBN 978-986-95267-7-7(平裝)

859.6　　　　106015007

我家有個烏龜園

作繪者｜童嘉

責任編輯｜蔡忠琦、陳毓書
美術設計｜林家蓁
行銷企劃｜王予農、林思妤

天下雜誌群創辦人｜殷允芃
董事長兼執行長｜何琦瑜
兒童產品事業群
副總經理｜林彥傑
總編輯｜林欣靜
主編｜陳毓書
版權主任｜何晨瑋、黃微真

出版者｜親子天下股份有限公司
地址｜台北市 104 建國北路一段 96 號 4 樓
電話｜（02）2509-2800 傳真｜（02）2509-2462
網址｜ www.parenting.com.tw
讀者服務專線｜（02）2662-0332 週一～週五：09:00~17:30
讀者服務傳真｜（02）2662-6048
客服信箱｜ parenting@cw.com.tw
法律顧問｜台英國際商務法律事務所．羅明通律師
製版印刷｜中原造像股份有限公司
總經銷｜大和圖書有限公司 電話：（02）8990-2588

出版日期｜ 2007 年 9 月第一版第一次印行
2022 年 11 月第二版第二十三次印行
定　價｜ 260 元
書　號｜ BKKCD084P
ISBN ｜ 978-986-95267-7-7（平裝）

我家有個烏龜園

文·圖 童嘉

目錄

小時候的家 05

1 第一隻烏龜 10

2 第二隻、第三隻、第…… 20

3 烏龜的房子，烏龜的水池 24

4 烏龜的晚餐，烏龜的零食 34

5 烏龜特技，烏龜疊羅漢 44

6 烏龜求婚，烏龜打架 50

7 烏龜開溜，烏龜冬眠 56

8 烏龜生蛋，烏龜誕生 64

9 第一百零一隻烏龜 76

10 烏龜再見 80

◎企劃緣起 讓孩子輕巧跨越閱讀障礙 何琦瑜 88

小時候的家——很小很舊的房子、很大很好玩的院子

兩歲那一年，我和爸爸、媽媽、哥哥們搬進了一間有庭院的古老平房，爸爸工作的大學分配這間宿舍給我們。剛搬進去的時候，滿院子都是比我們還高的雜草和樹木，連圍牆在哪裡都看不到。

房子又小又舊，地板是水泥地，牆壁是用古老的泥土混合稻穀殼糊成的，下雨天屋頂還會漏水，不過對我們小孩子來說，這裡的庭院剛好適合叢林冒險，我們童年的生活就從這個不知藏了什麼的院子裡展開。

1 第一隻烏龜——魚池裡的搗蛋鬼，院子裡的鬼靈精

爸爸在大學的研究室從事魚類研究的工作，在他工作的地方有些魚池，專門養著研究需要的魚，好做各種實驗和觀察。

有一次，爸爸從學校帶回來一隻可愛的烏龜，說是魚池裡的搗蛋鬼，要嘛弄壞研究用的器材，要嘛偷吃小魚，爸爸費了好大的勁才捉到牠，因為這隻小烏龜看起來挺聰明的，所以帶回來送給我們。

我們從來沒有養過烏龜，興奮的圍著牠，想要看清楚那全部縮成一團的模樣，卻只聽到牠從鼻子發出「噗——噗——噗——」生氣的呼吸聲。

①
②
③
④

小烏龜一被放到泥土地上，
先縮起頭來一會兒，
然後偷偷伸出後腿，
再偷偷露出兩個小鼻孔，
就在我們看得目不轉睛的時候，
突然以我們想都沒想到的速度，
一溜煙的爬進草叢裡，不見了。

啊——等我們回過神來，趕忙撥開草叢尋找時，小烏龜已經躲好、一動也不動，害我們怎麼找都找不到。

接下來的幾天，我們總會看到小烏龜走動的身影，像一個頑皮的小孩，偷偷從草堆裡探出頭來，然後在我們想要靠近的時候，「咻」——的溜走。

我們在牠常經過的地方放一些小魚乾，想引牠出來，可是老半天都沒動靜，總是要等到我們厭煩了或打瞌睡了，或是剛好沒注意的時候，牠才悄悄的把小魚乾吃掉。

兩、三個星期以後，小烏龜漸漸的跟我們混熟，當然也吃了不少小魚乾，有時我們看牠一眼，牠也看我們一眼，並不會馬上跑掉，我們蹲下來靠近牠，牠也只是稍稍縮一下脖子，然後慢條斯理的閒晃。

2 第二隻、第三隻、第……

不久以後，爸爸又從魚池帶回第二隻、第三隻、第四隻烏龜，直到研究室魚池周圍的籬笆破洞重新修好，才阻止了新烏龜不斷闖入，新來的烏龜種類各異，有很大隻的斑龜，也有小巧可愛的金龜，大家很快的在院子裡各據一方。

不會亂吼亂叫的烏龜真的是很乖巧的寵物，雖然有時候烏龜在院子裡追逐、走來走去，笨重的龜殼會發出喀哩叩囉的聲音，讓人無法安睡，不過還算可以忍受。

有些人聽說我們養烏龜，也會把不要的或撿來的烏龜交給我們養，漸漸的，院子裡烏龜越來越多，有抓來的、別人送來的、自己跑來的，還有更久以後又自己繁殖的……第二代、第三代，多到數都數不完。

我們家院子漸漸的變成了烏龜樂園。

3 烏龜的房子，烏龜的水池

為了安頓越來越多的烏龜，爸爸媽媽在院子的角落裡，幫烏龜釘了一間木屋。

爸爸從學校廢棄的舊書櫃拆下木板，釘成有兩層樓的木屋，漆成深咖啡色，媽媽還用木板刻了一隻可愛的烏龜當招牌，同時掛了兩塊寫著烏龜學名的牌子。

黃龜

當時臺灣常見的原生種烏龜：斑龜、黃龜、金龜和食蛇龜我們家都有，還有後來才進口到臺灣，俗稱「巴西龜」的美國紅耳龜，我們也養了幾隻。

斑龜 (Ocadia sinensis)
黃龜 (Mauremys mutica)
食蛇龜 (Cistoclemmys
flavomarginata)
金龜 (Chinemys reevesii)

木屋旁是烏龜們最喜歡的小水池，池子是爸爸和哥哥們一起挖的，先挖出適當的大小，有點像是袋子的形狀，中間要深一點，給大烏龜游，有一邊要淺一點，給小烏龜活動。

挖好後先在底部鋪上一層石頭，然後再鋪上混合水泥、砂和碎石子的混凝土，最後用細水泥把池底和池緣抹光滑。我們在連接池子的一個角落還做了一個準備放食物的小凹槽，等水泥全乾以後，在周圍擺好大大小小的石頭，當作烏龜們做日光浴的場地，白天眾多烏龜總是在池邊晒太陽，一隻疊一隻的散布在池子四周，一整天悠閒而過。

幾年過後，烏龜越來越多，我們在原來的小池子邊又挖了個大池子，甚至還得再添購大水桶，充當烏龜水池。

4 烏龜的晚餐，烏龜的零食

每天傍晚，我們會將拌著吻仔魚的剩飯倒在池邊特製的水泥凹槽中，烏龜聽到倒食物時發出「叩、叩、叩」的聲響，就會自動聚攏過來，推來推去爭相搶食，有時我們也會餵些空心菜或高麗菜葉。

遇到比較挑嘴或有特殊喜好的烏龜，我們小孩也會幫忙餵一些其他食物，像土司麵包、香蕉、魚、魚丸、蚯蚓等等，烏龜是雜食性的動物，雖然每隻愛吃的東西不太一樣，不過大約是什麼都吃的，當然偶爾也有牠們不屑一顧的食物，遇到這種時候，牠們還會從鼻子噴出氣來，發出類似「

哼」的聲音，掉頭就走。我就曾經拿滷蛋餵烏龜而遭到牠從鼻子噴氣抗議。

我們家的烏龜通常不吃瓜類，像南瓜、絲瓜、冬瓜、香瓜、西瓜，統統不受歡迎。我們有時候故意拿些瓜類水果試著餵牠們，然後看著牠們倒退三步的樣子，笑著說：「傻瓜不吃瓜！」

蚯蚓是大部分烏龜都喜歡的食物。有些比較勤勞的烏龜會自己想辦法挖蚯蚓來吃，其他的烏龜則是很認命的乖乖等我們哪天有空弄幾隻給牠們吃，或是等著下雨天有無辜的蚯蚓跑出來送死，不過也有那種即使不能言語，也要讓你知道應該去幫牠挖蚯蚓的烏龜。

　　對於表達意見最擅長的要算是食蛇龜了，牠會先遠遠的看你一眼，然後跟上你的腳步，在你腳邊打轉，再用一種渴望的眼神盯著你看。

　　這時候你會猜想，啊——是肚子餓了嗎？要吃點高麗菜嗎？不要，白飯？土司？都不要，肚子餓了什麼都好吃不是嗎？才不是！於是這隻聰明

的烏龜趕快走到主人的小鋤頭旁，坐下來一邊等一邊伸長脖子張望。如果主人像牠一樣聰明的話，應該就會領悟過來，因為主人上次是用小鋤頭挖蚯蚓的啊。看到牠坐在鋤頭邊殷切等待的模樣，不管你有多忙或是天正下著雨，你都會不忍心不理牠。

①

②

也有一些烏龜喜歡特別的食物，像是貢丸，可是並不是所有貢丸都受歡迎喔。剛開始我們並不知道為什麼烏龜只吃某一個牌子的貢丸，後來我們把各種貢丸都切開來看，才發現原來所有加了紅蔥頭的丸子烏龜都不吃，大概是嫌太油膩了吧。

不過要給烏龜吃丸子，可千萬不能整

顆給牠吃，這樣會害牠不知從何咬起，烏龜一張口，丸子便一路向前滾，好像故意要讓牠吃不到，這時候烏龜就會用一種很不高興，像在指責你很白痴的眼神看你一眼，所以一定要把丸子切開像花瓣一樣，才是體貼烏龜的做法。

5 烏龜特技，烏龜疊羅漢

小時候我們時常懷疑，烏龜之所以會很長壽是因為：烏龜每天的生活中大概有一半的時間在做日光浴，尤其是那些喜歡賴在

水池邊不動的烏龜。

從早上起床就看到牠們一隻疊一隻的各據地盤，一整天沒煩惱也沒事做，甚至沒移動過。我們三不五時靠過去，想看看今天有什麼新鮮事，烏龜們卻總是不為所動。我們常常很好奇，這些烏龜腦袋裡不知道在想什麼。

烏龜疊羅漢是烏龜們的專長，天氣好的日子大夥聚在一起晒太陽，大烏龜好像都不介意被壓在最下面，上面是中等大小的烏龜，最上面是小烏龜。

有時候還會有更厲害的小烏龜，無論如何就是要爬到最上面，好像生怕個子小搶不到陽光似的。奇怪的是，那些大烏龜、中烏龜還真是好脾氣，小烏龜笨手笨腳一邊爬、一邊摔下來，一次又一次，大烏龜也不嫌煩，不知道有沒有在心裡偷笑。總之，等那小烏龜終於爬到最上層，大約已經過了一個鐘頭。

除了疊羅漢以外，身形特別扁平的紅耳龜還會表演一種特技，就是爬上我們為牠準備的塑膠水桶，然後故意站在水桶邊緣，用後腳鉤住，整個身體和前腳懸空在外，伸長脖子，如此維持平衡一整個上午，像在表演特技一般。至於為什麼要這樣做，我們也不知道。

6 烏龜求婚，烏龜打架

再也沒有比看烏龜求愛更令人著急的事了，平常背著厚重的龜殼，慢條斯理的走動，感覺還滿優雅的烏龜，到了公烏龜要追求母烏龜的時候就全走了樣。只看到大隻的母烏龜，在院子裡不斷的沿著圍牆走來走去，後面公烏龜一路追著半走半跑。

①

每次公烏龜逮到機會要爬到母烏龜背上，母烏龜不但不會稍微等一下，還都一副沒什麼感情的樣子繼續往前走，害公烏龜滑下來或是跌個四腳朝天。這種看起來一點希望也沒有的追求，真不知道要走到何時才會結束。

連續好幾天，我們都可以看到這種馬拉松式、完全沒效率的追逐。有時候一隻母烏龜後面還跟了不只一隻公烏龜，那樣的情況更慘，兩隻公烏龜還得一邊互相推擠、一邊跟緊那隻故意「走

給人家追」的母烏龜，一隻公烏龜好不容易占到有利位置，另一隻就來搗亂。

我們不知道，烏龜們到底是在什麼時候完成任務的。總之，這樣的情況總是會持續一陣子，大約是到連我們小孩也覺得不耐煩、去忙別的事的時候才結束的吧。

通常烏龜們彼此之間都相當的和平，一群烏龜擠在池邊一起晒太陽、一整天都相安無事。即使吃東西的時候推來推去，也不至於有什麼激烈的爭執。可是也有一些心胸比較狹窄、個性比較孤僻的烏龜，喜歡擁有自己的地盤，別的烏龜稍微路過就發出「砰、砰、砰」的鼻音，或是互相推擠。不過大家都是烏龜嘛，縮頭縮腳都沒問題，很少會有凶狠互咬的場面出現。

唯一會「君子動口」的，大概只有想交配的公食蛇龜了。公食蛇龜會為了想要和母龜交配而咬住人家的龜殼不放，有時也會一直咬到留下齒痕，還不肯罷休。要是遇到脾氣比較硬、不肯屈服的母龜，公烏龜甚至會把母烏龜的龜殼咬出缺口來，態度真的是非常強硬啊！

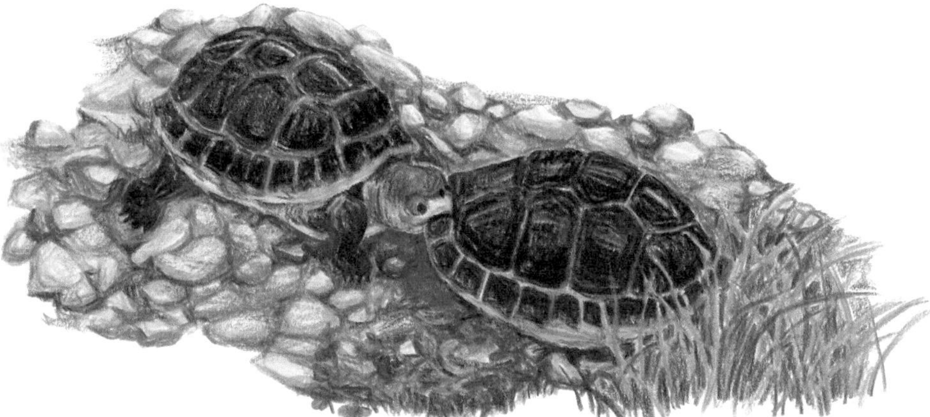

7 烏龜開溜，烏龜冬眠

雖然我們家烏龜很多，院子裡走來走去、成群結隊晒太陽的烏龜到處可見，可是有時候我們往院子望去，會突然發現連一隻烏龜也沒有，

烏龜都躲到哪裡去了呢？剛剛好像還看到的呀！

如果我們去草堆裡挖，就會發現躲得非常隱密的烏龜，還有水溝裡、土堆裡、落葉堆和灌木叢裡，都有烏龜躲在裡面。

不知道是不是平日就已經偷偷勘查過了，烏龜總是可以找到很好的躲藏地點，我們覺得牠們一定是玩躲貓貓的高手。

有一次我們決定盯住其中一隻烏龜，看看牠到底是怎麼躲的、什麼時候躲的。可是當我們看著牠的時候，牠就是不躲起來，還故意走來走去、到處閒逛，等到我們一時沒注意，牠才趕快溜掉。

於是我們決定躲在房子裡面偷看。牠先是斜眼瞄我們，然後從我們前面走過去，邊走邊偷瞄我們，先往東邊走走，回頭又往西邊走，走一會兒又回頭往東邊走，走走走突然鑽進草叢，我們這才終於看到了烏龜伎倆。

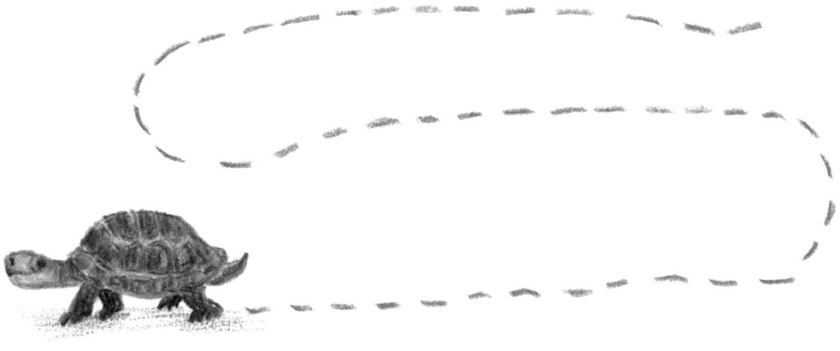

過兩天我們又找另一隻烏龜來試驗，果然這隻烏龜也一樣。先在我們面前假裝無意的閒晃一下，四處張望走走停停，等我們離開，牠就一邊看著我們的方向，一邊往前走，走一段路又折返往回走，過一會兒又再回頭往前走，然後以一隻烏龜所能夠達到的最快速度溜向藏身地點。

冬眠前，滿院子都是走來走去找東西吃的烏龜，還有走來走去想要掩人耳目的烏龜，時間一到，烏龜們就像玩躲貓貓一樣，統統藏好了。

8 烏龜生蛋，烏龜誕生

烏龜下蛋算是我們家烏龜樂園一等一的大事，那些先前歷經千辛萬苦的烏龜爸爸早已不知去向，或是閒閒晒太陽繼續過烏龜的日子，這會兒要換烏龜媽媽辛苦了。

母烏龜為了不要被人發現，通常

都會選在烏漆抹黑的晚上下蛋。第一個發現我們家大斑龜即將下蛋的是每天晚上都會巡視院子的爸爸，爸爸悄悄的把我們叫來，要大家蹲在不會打擾到烏龜的遠處觀看。

大斑龜選了我們家芭樂樹下一塊土較鬆的斜坡，先用後腳挖土，左右腳交換著撥土，每腳每次約撥二十秒，從晚上七點開始，一直挖到晚上十點還在挖，十一點左右開始下蛋，十一點半才生完，總共生了十五顆蛋。

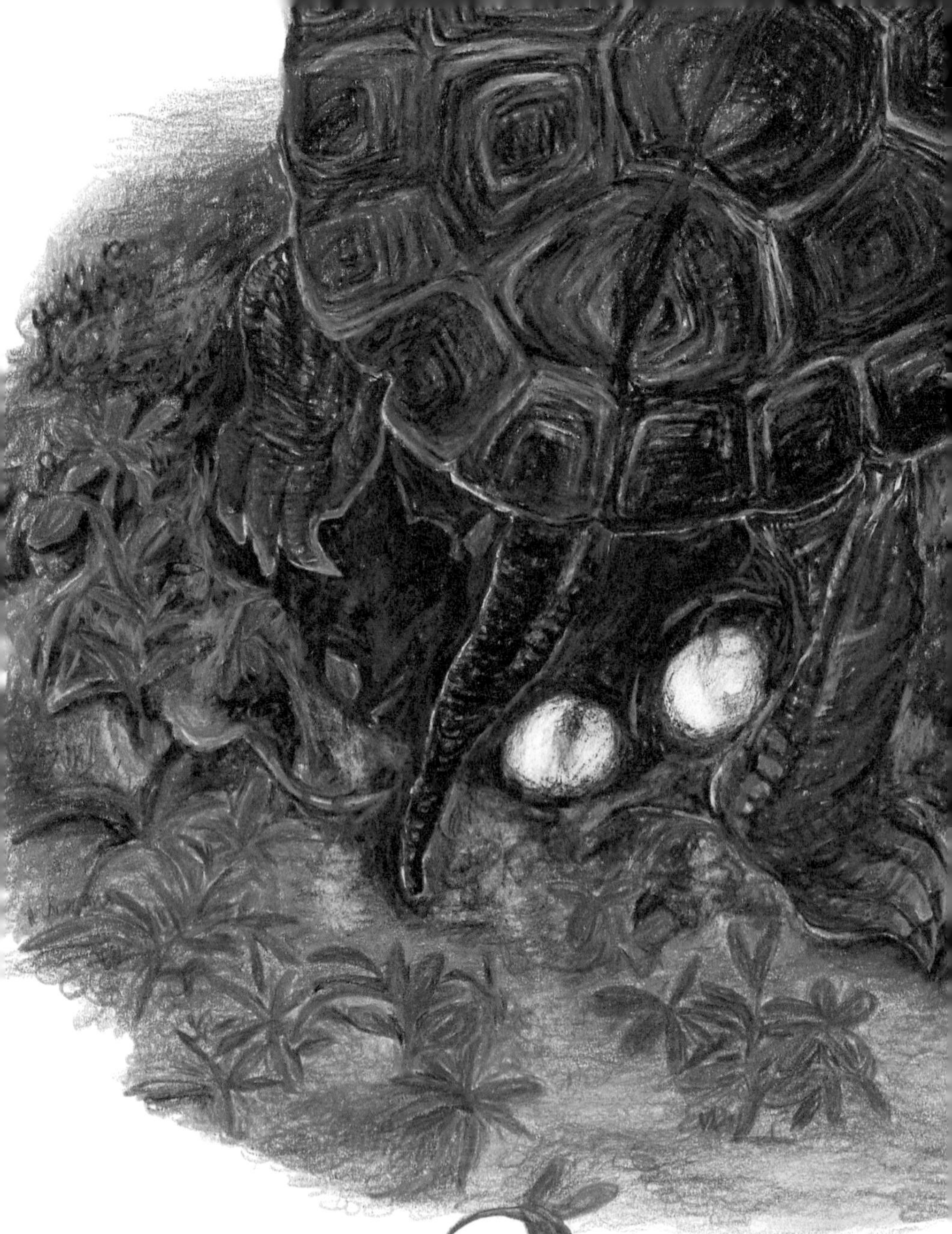

大斑龜媽媽很細心，每生一個蛋都會先用後腳將蛋安放在空位上，然後推擠到蛋與蛋間沒有空隙，確實固定好後，再生下一個蛋，全部生完剛好把洞填滿，然後大斑龜媽媽會很巧妙的用後腳抓一把土，灑入洞口，以兩腳的腳爪背面交互壓土，再抓一把土灑進去壓一壓，同時以前腳抓地保持固定，後腳由近而遠依序抓土填洞。十一點四十五分，辛苦的烏龜媽媽蓋完土，再用腹部的龜殼把土輕輕的壓一壓，然後才緩緩的離開。

自從我們家院子第一次有烏龜生蛋以後，觀察記錄這些小生命便成為我們的主要工作，包括觀察

烏龜生蛋，以及測量、記錄蛋的大小，爸爸還教我們如何像考古學家一樣，小心翻開烏龜埋蛋的地方，把每一顆蛋都拿出來測量，再量量烏龜挖的洞有多大，最後把蛋依序放回去。

等烏龜孵化後，我們再測量每一隻初生小烏龜，觀察牠們的生長情形，一一記錄下來。

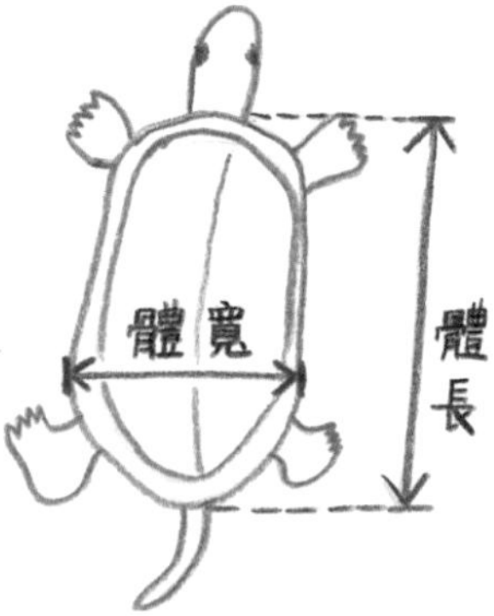

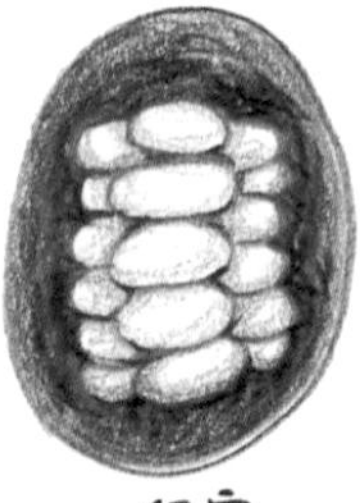
卵窩

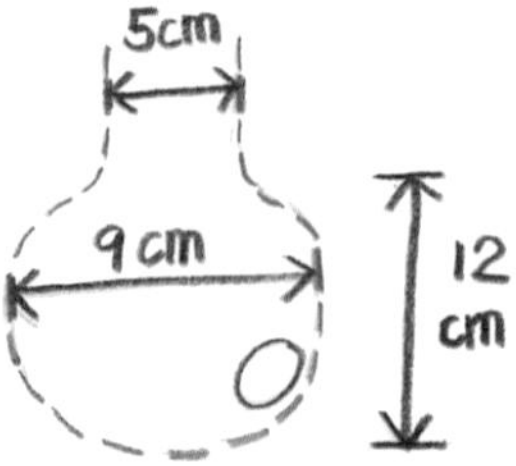

有時候我們為了確保烏龜蛋能夠順利孵化，而且孵出來的小烏龜不會亂跑，或受到鼠類攻擊，我們也會將烏龜蛋從土裡移到裝滿沙子的大花盆中重新安置。

大斑竜
1973.4.2
金亀

後來我們漸漸發現不同品種的烏龜會選擇的下蛋地點都不一樣，有的喜歡沙地，有的喜歡硬一點的土地，或是有斜坡的高地，有的喜歡選水溝邊，有的母烏龜挖到一半，發現土太硬、挖不動了，還會撒泡尿把土弄溼呢，真是聰明的傢伙。

可是也有那種粗枝大葉、糊里糊塗的烏龜媽媽，隨便挖挖、隨便蓋蓋土就走了，因此我們還曾經在水溝邊撿到烏龜蛋。

就像有些蛋生下來就已經破損，有些小烏龜孵出來沒幾天就不行了，大約都是先天不良吧。不過，大部分剛出生的小烏龜都小巧可愛，身長不到四公分，寬不到三公分，動作卻很靈活，爬得也快，不小心的話，一溜煙就被牠跑掉了，過一陣子再看到的時候，已經長大不少。

我們在爸爸的帶領下，為每一隻初生的小烏龜都量好長、寬、高，記錄在本子裡，每隔一個月再量一次，好觀察牠們的成長狀況。

9 第一百零一隻烏龜

漸漸的，院子裡的烏龜越來越多，可是到底有幾隻，我們也不知道。有一天我們決定要好好算一下各種種類的烏龜總共有幾隻，登記過的就用藍灰色油漆在背上做記號。

算到七十幾隻的時候，我們以為已經全部算完，沒想到每過幾天或幾星期，我們總會遇到背上沒有塗上油漆的烏龜，最後累積起來，很湊巧的，剛好有一百隻。

終於算完烏龜數目後，過了一個月，我們突然在草叢裡找到一隻優哉游哉的小烏龜，牠的背上竟然沒有油漆記號，所以這隻就成了我們家的第一百零一隻烏龜。

10 烏龜再見

十六歲那一年，我家的院子已經龜滿為患，而我們也剛好必須搬家，只得慢慢將陸龜放回山林，為水龜尋找合適的湖泊，分批分送到選定的安置地點。每隔一段時間，我們還會去探望牠們，遠遠張望烏龜的身影，猜想牠們已經在新家開始了新的生活。

滿院子烏龜為伴，看著笨拙的烏龜求愛，半夜起來觀察烏龜下蛋，時時等著小烏龜從沙地中破殼而出，還有小烏龜環繞腳邊討食的可愛模樣，點點滴滴都是童年美好的回憶。

大斑龜阿媽與小斑龜孫子

祖母級的大斑龜是我們家烏龜園的鎮園之寶，除了體積最大、脾氣好以外，也是龜子龜孫最多的母龜，有任何訪客來參觀的時候，我們也一定會請母斑龜出場。平日在烏龜水池旁，母斑龜總是被第二代與第三代烏龜圍繞身旁，一副和樂景象。

大小差很多的母金龜與公金龜

金龜大概是烏龜園裡夫妻長得最不像的烏龜了，母金龜體型比較大，公金龜則小巧靈活。有一隻公金龜，小時候是正常的顏色，不知為何失蹤一年後，重新出現時已經變成全身烏黑、名符其實的「烏」龜了。

聰明靈性的食蛇龜

食蛇龜是一種陸龜，很少下水游泳，因為特殊設計的腹部龜殼，可以在躲避敵人時，把四肢和頭都緊緊的藏在龜殼裡，所以又被叫做箱龜。我們家的食蛇龜是很聰明的傢伙，總是知道怎麼樣纏著主人討東西吃，或是跟主人玩捉迷藏。

與落葉同色的黃龜

全身都是深深淺淺土黃色的黃龜，是烏龜園裡的中型烏龜，常常躲在土堆或落葉堆裡，顏色剛剛好，不容易被看見。

被叫做巴西龜的美國烏龜

烏龜園裡唯一的「外國龜」。不知為何，來自美國密西西比河的紅耳龜，在當初引進臺灣時被稱為「巴西龜」。小紅耳龜小時候是美麗的碧綠色，小巧可愛，可是只要空間夠大、食物充足，一下子就會長成好大一隻。

烏龜園的老照片

烏龜園的角落有烏龜的透天厝，這是我和最大的母斑龜合影。我常常蹲在水池旁看烏龜們如何過日子。

院子裡，我和二哥集合大小烏龜合影。因為怕烏龜們亂跑無法拍照，所以把烏龜反過來疊羅漢，最上面那隻就是龜殼會完全緊閉的食蛇龜，而那隻正準備翻身逃跑，被二哥用手按住的，就是全身烏黑的公金龜。

小斑龜們孵出來了！這是烏龜園裡大家最興奮的時刻，健康可愛的小烏龜急著想逃走，不過我們得先逐一檢查、測量、做記號，然後才放牠們離開。

關於作繪者

童嘉，本名童嘉瑩，臺北人，按部就班的唸完懷恩幼稚園、銘傳國小、和平國中、中山女高、臺大社會系，畢業後按部就班的工作、結婚、生小孩，其後為陪伴小孩成長成為全職家庭主婦至今，二〇〇〇年因偶然的機會開始繪本創作，至今已出版三十本繪本、插畫作品與橋梁書等，每天過著忙碌的生活，並且利用所有的時間空檔從事創作。近年更身兼閱讀推廣者與繪本創作講師，奔波於城鄉各地，為小孩大人說故事，並分享創作經驗。

相關訊息請參考［童嘉］臉書粉絲團

讓孩子輕巧跨越閱讀障礙

◎親子天下執行長　何琦瑜

在臺灣，推動兒童閱讀的歷程中，一直少了一塊介於「圖畫書」與「文字書」之間的「橋梁書」，讓孩子能輕巧的跨越閱讀文字的障礙，循序漸進的「學會閱讀」。這使得臺灣兒童的閱讀，呈現兩極化的現象：低年級閱讀圖畫書之後，中年級就形成斷層，沒有好好銜接的後果是，閱讀能力好的孩子，早早跨越了障礙，進入「富者越富」的良性循環；相對的，閱讀能力銜接不上的孩子，便開始放棄閱讀，轉而沉迷電腦、電視、漫畫，形成「貧者越貧」的惡性循環。

國小低年級階段，當孩子開始練習「自己讀」時，特別需要考量讀物的文字數量、字彙難度，同時需要大量插圖輔助，幫助孩子理解上下文意。如果以圖文比例的改變來解釋，孩子在啟蒙閱讀的階段，讀物的選擇要從「圖圖文」，到「圖文文」，再到「文文文」。在閱讀風氣成熟的先進國家，這段特別經過設計，幫助孩子進階閱讀、跨越障礙的「橋梁書」，一直是不可或缺的兒童讀物類型。

橋梁書的主題，多半從貼近孩子生活的幽默故事、學校或家庭生活故事出發，再陸續拓展到孩子現實世界之外的想像、奇幻、冒險故事。因為讓孩子願意「自己拿起書」來讀，是閱讀學習成功的第一步。這些看在大人眼裡也許沒有什麼「意義」可言，卻能有效引領孩子進入文字構築的想像世界。

親子天下童書出版，在二〇〇七年正式推出橋梁書【閱讀123】系列，專為剛跨入文字閱讀的小讀者設計，邀請兒文界優秀作繪者共同創作。用字遣詞以該年段應熟悉的兩千五百個單字為主，加以趣味的情節，豐富可愛的插圖，讓孩子有意願開始「獨立閱讀」。從五千字一本的短篇故事開始，孩子很快能感受到自己「讀完一本書」的成就感。本系列結合童書的文學性和進階閱讀的功能性，培養孩子的閱讀興趣、打好學習的基礎。讓父母和老師得以更有系統的引領孩子進入文字桃花源，快樂學閱讀！

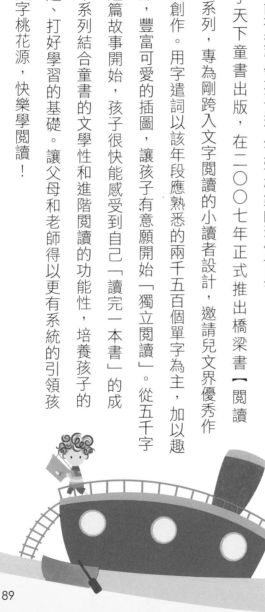

閱讀123